trinta
e três
textos

trinta e três textos

contemplações sobre porque chove
quando não trazemos guarda-chuva

José Diogo Madeira

trinta e três textos

José Diogo Madeira

Edição - José Diogo Madeira
Revisão de Texto - Maria Merino
Capa e paginação - Tiago Leal

ISBN - 978-1986760874

1ª Edição - Março 2018, Lisboa

©2018, José Diogo Madeira

Destes trinta e três textos fizeram-se apenas 199 exemplares, todos devidamente numerados e assinados pelo autor.

Reservados todos os direitos. Esta publicação não pode ser reproduzida, nem transmitida, no todo ou em parte, por qualquer processo sem prévia autorização por escrito do autor.

Ao Leonardo
o melhor filho do mundo

Aos meus pais
porque me deram tudo e nunca pediram nada

À Mónica, à Sónia, à Myriam e à Sara
Ao João Pedro, ao Pedro, ao Tiago,
ao Nuno, ao Vasco e ao Gustavo
que dão sentido à minha história

prefácio

Isto não é, visivelmente, um livro. É mais uma modesta brochura onde reuni 33 textos escritos nos últimos dois anos e previamente publicados na minha página de Facebook. Escolhi este número porque não tinha muitos mais por onde optar e porque 33 foi a idade da ressurreição de Cristo. Uma amiga disse-me, uma vez, que todos os homens morrem e renascem nesta idade. Talvez seja assim. Mas também morremos e renascemos um bocadinho todos os dias. Na verdade, são mais do que 33 textos, mas alguns são tão pequeninos que não contam e vão como bónus. Páginas com poucas letras e muita folha em branco são ideais para fazer uma pausa e refletir sobre o que lá está escrito. Novas revelações podem surgir. Notarão também que desprezo as maiúsculas, mas isso é apenas uma assinatura gráfica.

Alguns destes textos são pequenas contemplações sobre temas que cruzam metafísica com poesia. Outros são apenas coisas que saíram de rajada pelos meus dedos, tipo escrita psicográfica. Mas eu não tenho capacidade mediúnica e portanto não devem ter origem em nenhum morto. Gostei de os escrever e, numa noite chuvosa de domingo, lembrei-me de os reunir assim. Talvez os leiam e apreciem ou talvez se fiquem meramente pela satisfação de terem um exemplar autografado por um autor tão anónimo. A intenção com que fiz isto, foi apenas a de os espalhar por uma dúzia de amigos de e para sempre. Se chegarem a mais leitores e estes tirarem daqui algum proveito, melhor. Agradecido por estarem todos aqui comigo. Sem vocês, sou nada.

José Diogo Madeira
março de 2018

trinta e três textos

o sofrimento é a coisa mais difícil de entender. porque sofremos? se deus existe, porque nos faz sofrer? não há uma resposta simples, mas se deus é tudo e está em todo o lado, então ele próprio é e está no sofrimento. deus não é uma entidade benevolente que está no céu para nos apaparicar. deus é a autoconsciência do universo, que nos ampara, não em direção aquilo que nos pode parecer imediatamente bom, mas em direção ao cumprimento do nosso caminho individual, aquilo que chamamos destino. é como se cada uma das nossas "pessoas" tivesse que desempenhar um determinado papel na sua passagem pela "vida" e o sofrimento fosse como bofetadas que levamos para permanecermos despertos ao volante do carro e chegarmos ao nosso destino à hora marcada. o sofrimento não é nenhuma forma sádica de evolução pessoal. são apenas sinais, mais ou menos violentos, para irmos pela estrada traçada. claro que custa muito. mas pode ser mitigado. o único alívio para o sofrimento é o amor. uma criança que faz um doi-doi, sofre menos se a sua mãe lhe der um beijinho no sítio da ferida. uma pessoa perdida na multidão, tranquiliza-se se alguém lhe der a mão. um homem ferido, reduz a sua dor se encontrar o abraço de alguém. tudo isto para dizer, agora sim, uma coisa simples: não vamos deixar de sofrer, mas podemos sofrer menos se abrirmos o nosso coração à compaixão. quer dizer, estar para os outros com amor, para que os outros estejam connosco com amor.

não há boas ou más energias. há energia. muita. toda a que foi necessária para a explosão inicial do universo. ainda está toda por aí. a mente humana, que simplifica todas as coisas para as compreender, é que atribui qualidades positivas e negativas a cada acontecimento. um tipo tem um furo no pneu do carro. "ah, ando numa fase má". pois claro. o que ele não sabe é que, caso não tivesse sido parado pelo furo, teria embatido num camião e ficado gravemente ferido. um outro muda para um emprego melhor. "que fixe, estou a entrar numa fase muito melhor da minha vida". não sabe que daqui a seis meses, esta empresa estará falida e ele vai ficar desempregado. não há coisas boas ou más; há apenas coisas que acontecem numa cadeia sucessiva de eventos que marcam, balizam, encaminham a vida de cada um. é como num filme: têm de se passar coisas para que as personagens evoluam ao longo do enredo. algumas dessas coisas parecem-nos positivas, outras negativas. são todas igualmente necessárias para nos levarem onde temos de ir.

a morte, a gente aguenta bem. ou acaba tudo no momento em que fechamos os olhos ou continuamos para outro lado qualquer e não há nada a temer. a vida é que é lixada. tanta contrariedade, ansiedade e dor. acreditar que – mesmo nos momentos em que tudo é negro e nada faz sentido – há um sentido qualquer para isto é que nos mata. mas há. libertarmo-nos de todo o sofrimento e viver permanentemente com um sorriso pueril nos lábios é possível. a tarefa de uma vida é, paradoxalmente, libertar-nos do medo de viver. e isso pode-se conseguir um bocadinho todos os dias. basta fechar os olhos e encontrar dentro de nós toda a paz que precisamos. ela está lá. basta fechar os olhos e procurar bem.

fazemos tantos planos, tentativas sempre frustradas de controlar a nossa vida e a dos outros. vivemos como um rio, que com a sua força atravessa vales e montanhas, planícies e serras e nunca se detém em nenhum obstáculo. de que serve a tentativa de o desviar para cima ou para baixo, se a sua força destrói todas as barreiras e envases que lhe pretendamos impor? assim é a força da vida: selvagem, inesperada, indomável. não a tentemos controlar, obrigando-nos a ir ao encontro de um amor que nos parece fantástico, correndo atrás de uma carreira de sonho. tudo ilusões. a vida traz. na sua infinita sabedoria, é a vida que nos faz as melhores escolhas amorosas, nos oferece novas oportunidades profissionais, nos presenteia com novos e fantásticos amigos. deixa de lado as manipulações, esquece essa necessidade de controlar tudo e todos e adormece no sono tranquilo daqueles que nada anseiam. em todos os momentos, sê livre. vive em plena liberdade, desfrutando do que és e do que tens agora e entrega-te nas mãos de deus. ele sabe o que é melhor para ti.

não há deus, deus é tudo.

para aqueles que procuram ver deus lá fora: deus está dentro de nós. nós somos deus.

o tempo não existe. tudo o que existe é o infinito agora — tudo acontece exatamente no mesmo preciso momento. mas as nossas mentes humanas só conseguem ler isto com lentes cronológicas: tudo nos parece passar de ontem para hoje e de hoje para amanhã. a percepção humana não entende isto de outra maneira e fragmenta tudo em segundos, minutos, horas, passado, presente e futuro. alguém que use óculos com lentes cor de laranja alguma vez poderá admirar a brancura da neve?

mas da mesma forma que há pessoas daltónicas, que veem as cores de outra forma, também há pessoas com diferente percepção temporal que conseguem espreitar o que chamamos passado, presente e futuro e extrair daí vislumbres genuínos. como tudo já aconteceu, acontece e acontecerá, o livre-arbítrio e a escolha são miragens. da mesma forma que o passado é inalterável, o futuro também o é. não há várias possibilidades de futuro, há um futuro único, que já aconteceu. um livro conta uma história com princípio, meio e fim. qualquer que seja a página em que o leitor esteja, consegue alterar o início da história ou o seu final? apenas pode continuar a ler até chegar ao fim. se tiver muita curiosidade, pode fazer batota e saltar até à última página e descobrir quem é o assassino, ou se eles viveram felizes para sempre. mas não pode alterar nem uma vírgula do livro, escolher outro assassino ou separar aquele adorável casal; pode apenas tentar compreender o sentido daquela história. então aqueles que tiverem de se encontrar, encontrarão. aqueles que tiverem de se separar, separar-se-ão. aqueles que tiverem de ficar juntos, ficarão. não há nada a fazer. tudo está, em todos os momentos da história, num perfeito equilíbrio. o universo, que é tudo, está sempre em boa ordem. as suas personagens, nós, é que podemos momentaneamente não entender isso. mas lá para as páginas finais de cada uma das nossas histórias individuais, tudo será mais claro e fácil de entender.

somos como atores num filme
o filme é a nossa vida
o ator interpreta a personagem que julgamos ser
quando o filme acaba
a personagem deixa de existir, mas o ator continua
julgamos que somos a personagem quando somos o ator

se perguntarem a um moribundo o que foi mais importante na sua vida, alguém vai responder outra coisa além de amor, alegria, beleza? e alguma destas coisas é material, palpável, armazenável ou transacionável? então tem de haver algo invisível e subtil mais neste mundo para além de matéria e intelecto.

não somos, intersomos. estamos todos ligados por fios mágicos e invisíveis; tudo o que fizerem ao mais pequeno dos teus irmãos, é a ti que te fazem.

a verdadeira sabedoria não está nos eruditos ou nos ilustrados, mas nos despretensiosos e humildes que observam a passagem da vida e compreendem o seu verdadeiro significado.

se rasgares uma nota de dez euros em duas partes, cada metade vale ainda dez euros? ou cada metade vale agora apenas cinco euros?

se rasgares uma nota em duas partes, cada metade não vale nada. há coisas assim, que só valem pelas duas partes que juntam e em que cada metade não vale nada por si só. toma e embrulha.

o universo é auto-consciente.

isto hoje vai ser um bocadinho mais difícil do que o habitual. imagina como era antes do universo existir, quando ainda não existia matéria, espaço ou tempo. não é o mesmo que existir nada. nada é como um sítio ou uma caixa escura, onde o tempo passa e nada acontece. antes do universo, que são todas as coisas espalhadas pelo espaço e pelo tempo, era a não-existência. não havia átomos, mas também não havia centímetros ou minutos. era muito menos do que nada: não havia coisas, espaço e tempo, uma coisa impossível de pensar para a mente humana. então de repente e ninguém sabe como ou porquê, houve uma explosão enorme e tudo surgiu a uma velocidade incrível. o primeiro pedacinho de matéria produziu mais matéria e estes átomos geraram outros átomos. o primeiro milímetro expandiu-se para ser o primeiro centímetro, que, por sua vez, provocou o primeiro metro. a mesma coisa no tempo: o primeiro segundo deu origem ao primeiro minuto e à primeira hora. desde então que tem sido uma permanente expansão. o universo tem-se alargado em matéria, espaço e tempo. cresce, estica, alarga-se até que gaste toda a energia brutal da explosão que o originou. depois, como um elástico, vai retroceder para o momento inicial, concentrando de novo num só ponto e momento todas as coisas existentes. por isso é que os místicos dizem, com uma certa razão, que todos vamos voltar ao céu ou ao nirvana. não vamos voltar ao nada, vamos voltar para donde viemos e que ninguém sabe onde, como ou o que é. mas claro que isto não é ciência, é poesia.

porque é que se gosta de alguém? ninguém sabe. aquele jeito meio desengonçado de andar e a gente gosta. aquele sorriso meio sardónico e a gente gosta. aquela forma meio estranha de olhar o mundo e a gente gosta. nem é bem gostar, é mesmo atração: a vontade compulsiva de estar, de querer cheirar o perfume, de partilhar piadas e confidências. gostar a gente gosta de bolo de chocolate e de manteiga de amendoim. atração, a gente até pode ver o precipício e, ainda assim, caminhamos alegremente em frente. e de onde vem esta energia que nos puxa irremediavelmente para outra pessoa? de lado nenhum, nasce por vontade própria, alimenta-se de vislumbres ocasionais e perpetua-se até que o destino – o encontro ou a ruptura final entre os dois – se cumpra. a atração entre duas pessoas é um dos mistérios mais profundo da humanidade. no meio de tantas almas, porque é que duas delas se encontram num belo dia de sol, se sentem mutuamente encantadas e ali ficam a cirandar uma à volta da outra até que se juntam ou que, por desânimo, exaustão ou mesmo raiva, um deles decida romper e partir à procura da sua felicidade noutro lado qualquer. aqui não há empate possível: ou sim, ou sopas.

não se pode aldrabar o destino. imagina que a tua vida é como um contrato, em que tudo o que se passa está previamente combinado. as pessoas que conheces, as pessoas que ficam e as pessoas que partem da tua vida são como atores e figurantes com papéis pré-determinados. então quando tu não gostas de uma pessoa, mas ela tem de estar na tua vida, não a consegues mandar embora. da mesma forma, quando gostas de uma pessoa e ela não tem de estar na tua vida, não a consegues atrair. o mais complicado é quando tu sabes, por intuição, quais são os atores que vão partir e os que vão ficar e tens de ficar à espera das cenas dos próximos capítulos. quer dizer, tu sabes o que vai acontecer, só não sabes bem quando e nem de que forma. é um exercício de paciência. e às vezes também ficas um bocadinho triste, porque gostas dos que vão partir. mas gostas mais dos que vão chegar e isso dá-te alento.

o que é o amor? isso é muito claro. começar por dizer o que o amor não é: não é atração física, emocional ou intelectual entre duas pessoas. o amor é a capacidade de entrega a outra pessoa, quer dizer doar voluntariamente à outra pessoa. estar atento e empenhado em transformar a vida de alguém numa experiência mais agradável, doce e feliz. e fazer isso porque sim, apenas porque é assim e porque queremos, mas sem procurar absolutamente nada em troca. não é um intercâmbio, é uma dádiva. claro que isto é muito difícil de fazer porque o nosso ego diz-nos assim "é pá, porque estás a prescindir da tua própria vida, das tuas coisas e dos teus interesses a favor de alguém que não és tu e nem sequer exiges reciprocidade". então estás a dar, sem a mínima garantia de receber nada em troca. talvez até estejas a ser trouxa e o outro se esteja a aproveitar de ti. mas não é assim: as pessoas reconhecem quando há outras pessoas que gostam delas e lhes trazem coisas. sim, até se podem aproveitar um bocadinho, mas o coração tende a ser responsivo: quando te sentes tocado, acabas por querer tocar o outro. não há ninguém que responda mal a um abraço e muita gente acaba por estender os seus braços também. somos espelhos do que recebemos: se nos sorriem, respondemos com sorrisos. se nos cuidam, tendemos a cuidar. se nos dão, damos. isto é o amor, a ligação poderosa e cúmplice entre pessoas que se cuidam mutuamente. por isso sentimos amor pelos nossos amigos, pelos nossos familiares e, em alguns casos, pelos nossos parceiros amorosos. quer dizer, as relações românticas são também uma forma de amor quando são benignas. perversas quando construídas sobre atração física ou outros caprichos e medo emocionais. então quando eu digo amo-te quero dizer quero-te feliz, não importam as circunstâncias. só isso. e não é assim tão pouco.

a vida é mágica, por definição. porque carga de água os átomos e as moléculas que chamo de eu se juntaram na personagem que tem consciência de mim? mas não é mágica só aí, é mágica ao longo de todo o caminho; as personagens maravilhosas que encontramos, as histórias que vivemos, os dias e as noites que atravessamos, o riso e o choro que nos fazem humanos. tudo é magia, nós somos mágicos de olhos fechados e cheios de feitiços que ainda desconhecemos.

estou sentado e estou a ouvir-te. decido logo que não te seduzirei. quer dizer eu podia entrar no teu jogo e ficar num pingue-pongue vagaroso de mensagens e sinais e indiretas e *emoticons* que se arrastariam por semanas, senão meses e que nos levariam a lado nenhum a não ser o ponto onde já sabemos que iremos chegar. mas eu estou cansado de jogar jogos cujo prémio se esgota nele próprio e portanto vou ficar aqui sentado nesta cadeira apenas a ouvir-te e por cada picardia que tu me faças, responderei da forma mais absurda possível até que tu percebas que neste jogo não jogarás como jogaste no passado, somente porque me apetece que tudo seja agora absolutamente diferente.

tudo o que é feito pelo instinto, ignorando a razão, corresponde ao destino. porque tudo o que tu fazes sem pensares, apenas porque sentes que tens de o fazer, independente do que a cabeça te recomenda, é o sentido mais puro da tua vida. pode não ser o melhor para ti, pode não ser a direção que a razão te diz para seguires, pode ser aquilo que tu pensas que não tem senso nenhum fazeres. mas se dentro de ti – retirando todas as camadas de razão que qualquer decisão gera dentro da tua mente – há algo que te diz vai por aquele caminho e mesmo assim aquele caminho parece fechado e não faz sentido nenhum, então é porque alguma coisa dentro de ti sabe que esse é o teu caminho. não penses, não avalies possibilidades, não estudes as tuas hipóteses de sucesso. faz apenas o que sentes que tens de fazer e estarás certo.

tenho mágoas dentro de mim. são mágoas antigas e recentes, feridas mais ou menos cicatrizadas que ainda doem. acho que vão doer para sempre. não tem mal. não podemos viver sem cair, não aprendemos a correr sem tropeçar. elas fizeram-me mais astuto, mais sábio e mais generoso. por cada vez que me estampei, levantei-me e aprendi a estender as mãos aos que também caem. se tudo tem um propósito, há clara intenção nas mágoas que guardo em mim. tornaram-me melhor.

às vezes prendemos pessoas não em celas, mas em nós. porque é conveniente ter alguém para responder às mensagens do *whatsapp*, para jantar quando precisamos de companhia, para aliviar o desejo. mas quando não é ainda aquela pessoa, devemos libertar quem na verdade não queremos. cada um tem o seu destino e quando sentimos que ainda não temos com quem caminhar ao lado, devemos libertar quem afinal não amamos e seguir em frente.

vamos lá então: a vida é para aprender. cometemos erros. grandes e grosseiros. magoamos pessoas. muito. lixamo-nos a nós pelo meio. e depois novas oportunidades para cometer os mesmos erros. mas desta vez, antes de embarcar no doce embarcadoiro da pilantragem, que nos levará repetidamente à desgraça, sorrimos e dizemos não. tranquilo.

mentir é tipo uma droga
porque primeiro mentes um bocadinho
depois mais um pouco para tapar a primeira mentira
e de repente já estás a viver numa realidade paralela.

ninguém é mestre de ninguém. o conhecimento adquire-se pela experiência e não por ouvir contar.

escrever um filho
fazer uma árvore
plantar um livro

não se nasce a saber amar. a única missão importante da vida humana é aprender a amar. o sucesso – que medimos em tralhas materiais e levitações sociais – resulta apenas da nossa compreensão e prática do amor. não vejo os meus amigos a queixarem-se dos seus desaires ou frustrações profissionais ou materiais, mas da sua incapacidade de construírem relações felizes com os seus amados: família, amigos e especialmente amantes. o amor é a grande perplexidade dos nossos dias. quando temos muito mais oportunidades e coisas do que os nossos pais, perdemos a capacidade de viver relações plenas e que durem uma vida. focados nas mil distrações que a vida nos proporciona, esquecemos a sabedoria de sermos felizes com aqueles que amamos.

e de repente, elas movem-se. e tu vês que as rodas do destino se mexeram e estão ali de novo para ti. e depois de muito tempo sem sentires que elas existiam, sorris e ficas tranquilo, diante delas, à espera que se complete o movimento e o futuro se reabra. já não há nada a fazer, sabes exatamente o que se está a passar, onde tudo isto vos vai levar e agradeces. agora só tens de esperar. como a mecânica de um relógio, tudo se recomeçou a encaixar. há tempo e há um tempo para todos. a tua vida voltou.

só há duas perguntas de que desconheço ainda a resposta. o que é o amor? o destino existe? e no entanto as duas aparecem-me tão estreitamente interligadas, que é como se o amor fosse o meu destino e o meu destino passasse obrigatoriamente pelo amor. será a derradeira aprendizagem da minha existência experimentar – finalmente – a junção abençoada, plena e irrevogável dos dois num único caminho?

arranjei o contato do massagista pela net e meto-me a caminho do cais do Sodré, um calor abafado arrasa a cidade e por momentos penso que é tudo um esquema e vou ser assaltado numa mansarda bafienta e espeluncosa. encontro o prédio indicado, subo cinco lances de escadas de madeira velha, lá em cima vejo um rapaz baixo e barbudo à minha espera e entro finalmente no gabinete do massagista.

enrolado numa toalha curta para a minha cintura, estou deitado de barriga para baixo numa marquesa, com a cara metida num buraco apropriado. o rapaz, possuído por uma energia inesperada, esfrega-me furiosamente as costas com umas pedras previamente aquecidas numa panela e manda-me respirar fundo, mas nem assim consigo evitar as dores, parece que a penitência é necessária para descongestionar o *stress* acumulado nos omoplatas ao longo dos anos.

e enquanto continua a esfregar-me as costas com as suas pedras quentes, que eu nunca vejo, mas imagino pequenos seixos de basalto preto, o rapaz começa a falar dele e da sua visão cósmica das coisas. invoca o *karma* e diz-me que todos nascemos com um destino traçado e que, quanto mais o tentamos evitar, mais ele volta para nós com mais e mais força, até que o aceitemos cumprir.

eu ali deitado na marquesa, com a cara enfiada num buraco, um calor cada vez mais sufocante, combinação da temperatura tropical que abala a cidade e do esforço que a panela faz para manter os seixos quentes, de repente olho para trás e percebo. vejo a minha vida a desenrolar-se e entendo que o que vivi estava meticulosamente previsto. "como o guião de um filme, escrito e reescrito vezes sem conta" detalha o rapaz. caem-lhe grossas gotas de suor sobre o meu corpo, mas eu já não ligo a estes detalhes. entendo o sentido das palavras do massagista franzino, que me esfrega as costas com pedras quentes e me abre o espírito com as suas ideias cósmicas.

agora estou de barriga para cima, a tortura nas costas acabou e foi substituída pela massagem das pernas, menos violenta e um pouco mais suportável. mas eu já não estou ali. o corpo entregue à habilidade do rapaz, na mente a tranquilidade de que não há nada a fazer, está tudo escrito e reescrito. "às vezes, é o *karma* que nos faz fazer coisas que não parecem fazer sentido nenhum ou que não sabemos porquê fazemos", acrescenta ele.

eu já estou convencido. é mesmo isso, aceitar o que está escrito e rescrito. o que vier, virá, já não serei o bloqueio do meu próprio destino. sorrio e sinto-me paradoxalmente livre, sem saber ainda do quê ou quem. passaram 60 minutos e a massagem acabou. pago e digo ao rapaz que em breve voltarei. ele sorri, sem perceber se o digo genuinamente ou apenas por simpatia. mas voltarei. está escrito que voltarei.

e depois há aquela coisa de estares a arrumar os livros na tua estante e encontrares um par deles que tens de devolver ao proprietário e anotas mentalmente que tens de tratar disso nos próximos dias. e sais para a rua e de repente dás de caras com o dono dos livros e logo resolves a melhor forma de os devolver. chamam a isto serendipidade, mas tu achas que não, é apenas uma evidência prática de que o que tu pensas se materializa. e embora isso não faça sentido nenhum, tu olhas para trás e vês que sempre o conseguiste fazer e isso assusta-te.

o tempo. a realidade não é imediata. da mesma forma que a luz das estrelas que brilham no céu demora milhões de anos a chegar até nós, também demora tempo para atingirmos a verdadeira percepção das coisas. a espuma das emoções e as impurezas decaem lentamente no copo, até que a água atinja o seu estado mais puro. há coisas verdadeiras, intemporalmente reais que só nos chegam meses ou anos depois de acontecerem. é preciso dar tempo ao tempo para ver o que realmente importa. o tempo é a chave que abre o passado e nos permite olhar, finalmente, para o que era verdade.

a felicidade é um ato individual. começa em nós e só depois disso admite a entrada de outras pessoas na nossa vida. nenhum infeliz atrai ninguém ou qualquer outra coisa para si. só um homem feliz tem o poder de convocar outros para a sua casa. ninguém visita um desamparado da vida.

a vida sempre traz as pessoas certas nos momentos certos, mas nunca percebemos isso de imediato porque estamos a olhar para o lado errado.

eu digo, a vida é um momento minúsculo, uma molécula de tempo composto por uma infinidade de pequeníssimos momentos. além do presente, nada nos resta. o passado e o futuro não existem, um amontoado de recordações e de esperanças sem nenhum significado particular. estamos quase a apagar. na dimensão cósmica das coisas, talvez nem o presente exista. é apenas uma conceção humana, uma forma simplificada de entendermos o milagre da consciência. talvez tudo isto não passe mesmo de uma espécie de sonho. e se for mesmo um sonho, então é mais fácil. os sonhos são sempre manipuláveis.

o amor acontece quando acontece. e vem sempre devagarinho. primeiro é o impulso da paixão e da atração física, emocional e intelectual. mas depois, com passinhos pequenos, as pessoas entregam-se umas às outras. as suas vidas, os seus corpos, as suas expetativas juntam-se num mundo só a dois. num dia, alguém diz amo-te e o outro responde também te amo. e nesse impulso, deram-se um ao outro para sempre. a partir daí, não há volta a dar. a vida pode separar as pessoas, levar cada um para cantos opostos do mundo. mas o amor é irreversível. não se esquece e não se apaga. pode ficar latente, escondido ou podemos até tentar eliminá-lo com outros amores, com viagens exóticas, com sessões de sexo desenfreado, caindo num qualquer vício ou disfarçando-o como uma bonita amizade. mas não há volta a dar, o amor quando é amor é para sempre. e só os que amaram genuinamente podem saber isto. este é o segredo mais precioso de uma vida.

tudo vai e vem no tempo certo e não podemos fazer nada que contrarie a vida. as coisas acontecem apenas quando têm de acontecer. se já aconteceram é porque estava no seu tempo e se ainda não aconteceram, não estávamos ainda preparados para elas. aceitar benevolentemente a roda da fortuna é a chave para ela se manifestar.

é fodido chegar a casa e ouvir as paredes silenciosas. esperar pelo *whatsapp* que nunca chega. lembrar os dias em que sorrimos nos braços um do outro. saber que éramos tudo e que era para ser assim para sempre. e de repente, solta-se o chão debaixo de nós e caímos naquele enorme buraco negro.

quando acaba um amor, vai também um pedaço de nós. não é uma coisa que muitos possam entender, é preciso ter tido um grande amor para perceber isto bem. a maior parte das pessoas quando tem um amor, agarra-se a ele com todas as forças. outros, por loucura, cegueira ou presunção, deixam-no ir sem qualquer tipo de protesto ou luta.

mas um dia ele vai e sabemos que nunca voltará. e também sabemos que um dia nos levantaremos do precipício e que a vida há de seguir com a sua força própria. mas dentro de nós fica para sempre a beleza irreproduzível de tudo o que vivemos lá atrás, como um filme de que podemos ver as melhores partes vezes sem conta e já sem prejuízo.

por isso, quando um grande amor parte, só nos resta agradecer a felicidade que a vida já nos concedeu e agarrar a esperança de que os deuses nos ofereçam a oportunidade insana de sermos o personagem principal de uma nova história de amor tão bonita como a primeira.

Printed in Great Britain
by Amazon